MW01093638

Cole de LOCOS

Cole de
LOCOS

¡Este grupo es genial!

Dashiell Fernández

Ilustraciones de Candela Ferrández

B DE BLOK

Cole de locos
¡Este grupo es genial!

Primera edición en España: mayo, 2019
Primero edición en México: abril, 2020

D. R. © 2019, Dashiell Fernández

D. R. © 2019, Penguin Random House Grupo Editorial, S. A. U.
Travessera de Gràcia 47-49, 08021, Barcelona

D. R. © 2020, derechos de edición mundiales en lengua castellana:
Penguin Random House Grupo Editorial, S. A. de C. V.
Blvd. Miguel de Cervantes Saavedra núm. 301, 1er piso,
colonia Granada, alcaldía Miguel Hidalgo, C. P. 11520,
Ciudad de México

www.megustaleer.mx

D. R. © 2019, Candela Ferrández, por las ilustraciones
ISBN: 978-607-319-134-0

Impreso en México – *Printed in Mexico*

El papel utilizado para la impresión de este libro ha sido fabricado a partir de madera
procedente de bosques y plantaciones gestionadas con los más altos estándares ambientales,
garantizando una explotación de los recursos sostenible con el medio ambiente y beneficiosa para las personas.

Penguin
Random House
Grupo Editorial

CAPÍTULO 1
UN AÑO ESCOLAR DE LOCOS

¡Qué día tan más **g-e-n-i-a-l**! El sol brillaba, los pajaritos cantaban y todavía hacía suficiente calor como para comerse un helado, pero no tanto como para que se te derritiera encima y te dejara la ropa hecha un asco. Pero eso no era nada comparado con la GRAN NOTICIA DEL DÍA: ¡acababa de empezar un nuevo y divertido año en el COLE DE LOCOS! Seguramente esa escuela no te suena conocida y quizás estás pensando que empezar un nuevo año no puede ser **divertido** de ninguna manera. Pues si es así, ¡piensa otra vez! Ir a la escuela puede ser divertidísimo y resulta que en ésta, además, pasan todo tipo de **locuras** (por eso se llama COLE DE LOCOS, claro… ¡si sólo pasaran cosas normales, se llamaría «el Cole» a secas!).

Pero de momento, era primera hora y el salón de 2.°-A estaba tranquilo, muy tranquilo, demasiado tranquilo. Era tan temprano que sólo había un niño sentado en su silla. Ese niño traía el pelo alborotado, como si no se lo hubiera peinado en meses —la verdad es que **no** lo había hecho— y sonreía como si no hubiera roto un plato en su vida —en cambio, eso sí lo había hecho—. Se llamaba Lucas y era la primera vez en su vida que llegaba a esa hora a la escuela. Para que entiendas qué clase de persona era, te diré que si existiera algún aparato con el cual detectar la capacidad de hacer bromas a la gente… Lucas lo escondería para hacerte una broma. Si estaba allí era porque **tramaba algo**. Pero, ¿qué podría ser?

Poco a poco, el salón comenzó a llenarse de niños y niñas. Todos querían saludar a Lucas, chocar los cinco con él y preguntarle qué tal le había ido en las vacaciones, pero él no apartaba la mirada de una mesa y una silla que tenía al lado. En la silla había un misterioso cojín de aspecto **blandito, blandito.** Entonces entró un niño mucho más alto que el resto. Tenía el pelo rizado, la piel morena y una expresión de **ser muy genial.** Lucas recordaba a ese niño como si fuera ayer, porque… lo había visto ayer. Se llamaba Asim, y Lucas había quedado con él para ir a tirar unas canastas. O mejor dicho, para que Asim tirara unas canastas, porque Lucas no había logrado meter ni una. Y no es que Lucas fuera malo, es que Asim era muy, pero que muy bueno. Tanto, que corría la leyenda de que una vez unos niños de 4.º le habían pedido de rodillas que jugara con ellos. En realidad esa historia se la había inventado el propio Asim, pero ¡podría haber sido cierta!

Asim echó un vistazo entre las mesas y

descubrió la silla con cojín. Puso cara de «¡ah, mira qué bien!» y se dirigió hacia allí tan campante. En cuanto Lucas se dio cuenta, se levantó de su lugar como si le hubieran puesto un resorte en el trasero y se abalanzó sobre Asim.

—¿Se puede saber qué te pasa, amigo? Yo también me alegro de verte, ¡pero esto es demasiado! —dijo Asim, muy confundido.

—No lo entiendes, Asim. ¡Tú no puedes sentarte ahí! —contestó Lucas recobrando la calma—. Es que me enteré de que va a venir un niño nuevo a nuestro salón y… ¡quiero hacerle una **gran broma**!

Lucas le explicó su **maléfico plan** a su amigo: el cojín era de broma, y cuando alguien se sentara encima, haría el ruido de un PEDO TREMENDO. ¿Y quién se sentaría en él? ¡Pues el nuevo, por supuesto!

—Qué quieres que te diga, Asim… ¡Me gustan las bromas clásicas! —rio Lucas entre dientes.

—¿Todavía no hemos empezado el año escolar y ya estás tramando una de las tuyas? —dijo una voz detrás de él—. ¡Creo que acabas de batir tu propio récord, Lucas!

La dueña de esa voz era una niña pelirroja con expresión despierta. Era bonita, aunque tenía pinta de no aguantar demasiadas tonterías de nadie.

—Guau, ¡sí que cambiaste durante las vacaciones, Isa!

—contestó Lucas—. ¡Casi ni te reconozco!

—¡Pues claro que no me reconoces, **tonto**! ¡Porque no soy Isa!

Lucas se puso rojo de golpe:

—¡Ups, lo siento, Claudia! Eso es lo que pasa cuando tienes

una hermana gemela que es igualita a ti…
¡Que a veces la gente **se confunde**!

—Entonces, si a ti te tocó en nuestro salón… —dijo Asim— eso quiere decir que Isa está en 2.°-B, ¿no?

—Bueno, **sí y no...** En realidad, a Isa le toca en 2.°-A, con nosotros.

—¡Genial! —dijo Asim—. Pero entonces, ¿por qué no vino contigo?

—Pues porque se confundió de salón y dejó todas sus cosas en 2.°-B. ¡Ya saben cómo es Isa, amigos!

El cerebro de Lucas estaba especializado en **bromas y travesuras**, pero empezó a darle vueltas a toda la información y sus ojos se iluminaron:

—Esperen, esperen… Eso significa que… ¡los cuatro iremos en el mismo salón! ¡No sólo voy a estar con mis mejores amigos,

sino que encima tendré a un niño al cual hacerle bromas todo el año! ¡Qué genial! ¡Estoy deseando verle la cara a **ese inocente**!

CAPÍTULO 2
NOVATOS Y PEDORROS

El salón de 2.°-A se había llenado de niños y niñas. Bueno, llenado no, porque aún faltaba el dichoso **alumno nuevo**.

Los demás estaban contándose qué habían hecho durante las vacaciones (casi todo eran historias sobre chapuzones, travesuras y primos lejanos más tontos que una piedra). Nadie escuchaba a nadie y **todo el mundo** gritaba y hacía payasadas. Bueno, todo el mundo tampoco, porque Lucas seguía pendiente del cojín pedorro. ¡Y es que Lucas se tomaba lo de hacer bromas muy en serio!

Entonces dos desconocidos entraron por la puerta. La primera persona no podía ser la alumna nueva porque era una mujer adulta («quizá por que ha repetido año un montonal de veces», pensó Lucas). Detrás de ella, caminaba un niño bajito. Tenía la piel más pálida y los lentesotes más grandes del mundo.

—¡Hola a todos! —dijo la mujer cuan-

do llegó al pizarrón—. Me llamo Ana y seré su maestra, ¡encantada! Espero pasarla súper bien con ustedes, aunque ya me han contado que este grupo es **un poco loco**. Yo no tengo ningún problema con las locuras… siempre y cuando no las hagan aquí.

Al decir esto, Ana miró a Lucas, Asim, Claudia e Isa, que se habían sentado juntos al fondo del salón. ¿La habrían advertido ya sobre ellos?

—… Y éste que tengo a mi lado —dijo señalando al niño de los lentes— es Carlos. Es su primer día en nuestra escuela, pero estoy segura de que se llevarán bien con él.

—Éste lo único que se llevará… —susurró Lucas con una sonrisa malvada—. ¡Será un pedo de bienvenida!

Carlos se dirigió hacia la silla vacía. ¡El plan estaba funcionando! Pero, justo cuando iba a sentarse, descubrió el cojín. Entonces le dijo a Lucas:

—Oye, supongo que este cojín es de la profesora, ¿verdad? No te preocupes, yo se lo devuelvo.

¡Oh no! Una cosa era hacerle una **bromita inofensiva** al nuevo y otra muy distinta era dejar que lo regañaran por esa broma. Y encima, con la profesora. Y encima, en su primer día. ¡Oficialmente, **el plan había dejado de funcionar**! Lucas se giró hacia sus amigos, que lo miraban como diciendo «¡haz algo, Lucas!».

—¡Claudia, distrae al nuevo! ¡Yo me encargo del cojín!

¡Dicho y hecho! Claudia se levantó y se puso a hablar con Carlos:

—Mmm… Los lentes que traes son… muy… redondos. ¿De dónde los sacaste?

Se notaba que Claudia no tenía ni idea de qué decir, pero Carlos no se dio cuenta.

—Pues… de una óptica.

—¿Ah sí? ¡Qué interesante! ¡Cuéntame más!

Mientras Claudia distraía a Carlos, Lucas se levantó sin hacer ruido, como un auténtico ninja, y agarró el cojín. Como no sabía qué hacer con él, lo dejó sobre su silla. ¡Misión cumplida!

—… Antes estudiaba en el instituto Simenón —Carlos seguía hablando— y lo más genial que pasó fue cuando desapareció el trofeo del equipo de debate y resultó que se lo había llevado el…

—A ver, hasta ahí, nuevo —dijo Lucas, interrumpiéndolo—. Vienes de una escuela en la que no pasaba **nada genial**. ¡Ya nos dimos cuenta!

—¡No seas grosero, Lucas! —dijo Claudia—. Para tu información, resulta que Carlos es **bastante genial**.

—Bu-bueno… g-gracias… —tartamudeó Carlos mientras su carita blanca se ponía más roja que un tomate.

—Pero vamos a ver —insistió Lucas—. ¿Cómo va a ser genial si es un novato? ¡Está científicamente demostrado que eso es im-po-si-ble!

—**Nonononono**, la ciencia no lo ha demostrado —opinó Isa, que seguía la discusión a la vez que leía un libro—. Lo que sí ha demostrado, en cambio, es que el gas metano liberado por las flatulencias de los dinosaurios hizo aumentar la temperatura del planeta hace ciento cincuenta millones de años.

Todos miraron a Isa un poco confundidos. De vez en cuando decía cosas así.

—Podríamos darle una oportunidad, ¿no les parece? —dijo Asim volviendo al tema de la conversación.

—¿Tú también, Asim? ¿Se puede saber qué les pasa?

En esas estaban cuando Ana les dijo que tenía algo muy importante que explicar:

—Dentro de unos días celebraremos **la fiesta de bienvenida al nuevo ciclo escolar**. Habrá un montón de actividades, pero creo que la que más les interesa

es… —Ana hizo una pausa para asegurarse de que todo el mundo le prestaba atención— ¡la súper competencia! Como saben, la súper competencia es el reto más grande de esta escuela: unas pruebas por equipos de cinco personas en las que entrarán en juego todas sus habilidades. Lo que no saben es que este año hay una gran novedad. Como el año pasado **algún graciosito** metió las medallas en gelatina —al oír esto, Lucas puso su mejor cara de disimulo—, el premio será algo muy, muy especial.

—Pues no sé qué será, pero sí sé que… ¡será mío! —dijo Lucas—. ¡Esta escuela está a punto de saber quién soy yo!

Lucas se sentó en su silla. Pero, con la emoción, se había olvidado de quitar el cojín. Sólo hubo una cosa que sonó más fuerte que el **PEDO** que provocó, y fueron las risas del resto del grupo, que retumbaron hasta en el último rincón de la escuela.

CAPÍTULO 3
EL COMIENZO DE UNA BONITA AMISTAD

—A favor.

—A favor.

—A favor.

—¡En contra!

Era la hora del recreo y nuestra pandilla se encontraba a mitad de una votación muy importante. Estaban decidiendo si incluían a Carlos en su equipo para las pruebas de la fiesta de bienvenida. El único que se oponía era Lucas, que no daba su brazo a torcer por nada.

—Ey, ¡nosotros también estamos a favor! —dijo una vocecita detrás de él.

Lucas se giró y descubrió a dos mocosos que lo miraban muy serios. Eran

Matías e Iva. Matías era el hermano pequeño de Lucas, e Iva, la hermana pequeña de Asim. Los dos eran los mejores amigos del mundo y los más **traviesos** de su salón. Por eso, en secreto, Lucas estaba

muy orgulloso de ellos. Lo que ya no le gustaba tanto era la manía que tenían de juntarse con la pandilla durante el recreo. Esos dos eran como **pisar un chicle**: un pequeño descuido y ¡se te quedaban pegados durante todo el día! Y encima, ¡estaban a favor de Carlos!

—Está bien, está bien… —admitió Lucas a regañadientes—. Ya se arrepentirán cuando no ganemos por culpa del nuevo. Por cierto, ¿quién va a ir a darle la buena noticia? No esperarán que sea yo, ¿verdad?

—¡Es genial formar parte de su equipo! —dijo Carlos, entusiasmado—. ¡Ya verás cómo se nos ocurren cantidad de ideas para preparar las pruebas!

Carlos llevaba toda la tarde **hablando sin parar**. Lucas, en cambio, sólo contestaba cosas sueltas y de mala gana. «Sí, está bien…», «lo que tú digas» o «perdona, no te estaba escuchando». Primero le había tocado a él ir a decirle al nuevo si quería formar parte del grupo, y ahora le había tocado ir a su casa a «preparar las pruebas» porque resulta que ambos eran casi vecinos. El resto de la pandilla llegaría luego, pero ese rato a solas con Carlos se le estaba haciendo inter-mi-na-ble. «¡El premio de este año tiene que valer la pena!», pensó Lucas.

A pesar de todo, la habitación de Carlos **no era demasiado horrible**. Había pósters de caricaturas, juguetes y cachivaches raros, y hasta una pecera con una tortuga y un barquito pirata de plástico. Si no hubiera sabido que era la habitación de un niño

nuevo, Lucas habría podido jurar que era la habitación de alguien bastante genial. Lo mejor de todo fue descubrir que Carlos tenía el Super Monchito's Race, ¡su videojuego de carreras favorito!

—Oye… —dijo Lucas mientras se le iban los ojos hacia la consola—. ¿Qué tal si jugamos una partidita o dos mientras llegan los demás?

—¡Es que le prometí a Claudia que pensaríamos ideas!

—Bueno, pero ¡nunca se sabe cuándo y cómo nos puede llegar la inspiración!

—Eso es justo lo que Claudia me dijo que dirías.

—Ey, niños, ¿acaso oí la palabra «partidita»? —dijo un hombre asomando la cabeza por la puerta.

Era Derek, el padre de Carlos. Derek era un tipo bastante raro. Era el hombre más alto y más rubio que Lucas había visto en su vida y, por algún motivo, no paraba de hacer chistes y bromas. Pero ahora que había oído lo de la partida, seguro que haría lo mismo que el resto de los padres: prohibirles jugar. «Que si los niños de ahora estaban todo el día con los videojuegos, que si por qué no bajaban a la calle a jugar con la pelota, que si se les iba a quedar la cabeza dura…» Lucas se sabía ese discursito de memoria.

—¡Pues me apunto! —dijo con una sonrisa enorme—. Sobre todo si juegan al Super Monchito's Race. ¡Ese juego es increíble!

Pero, ¿qué estaba pasando? ¡Carlos tenía una habitación genial, un videojuego todavía más genial y el padre más genial de la historia! ¡Ahí había algo que no cuadraba!

Los dos empezaron a jugar. Pero estaba claro que aquél no era el día de Lucas, porque le tocó el circuito más difícil de todo el juego, el único que no había logrado pasar **nunca jamás** ni de casualidad. El problema era una curva traicionera en la que su coche se estampaba una y otra vez.

—¡Rayos, es que no hay manera! —protestó Lucas mientras tiraba el control al suelo.

—El problema es que vas demasiado rápido —dijo Carlos—. Tienes que desacelerar un poco y fijarte más en lo que hay a tu alrededor. ¡Ya verás!

Carlos tomó el control y no sólo pasó la curva, sino que terminó en primer lugar y en un tiempo récord.

Lucas no lo podía creer: ¡el nuevo era un **auténtico experto** de los videojuegos!

Mientras miraba a Carlos jugar con la boca abierta y los ojos como platos, un par de mensajes llegaron al celular de Lucas. Eran de Asim y de las gemelas. Decían que lo sentían mucho, pero que al último no podrían ir.

Al final, no hicieron nada relacionado con las pruebas, pero sí jugaron unas buenas partidas del Super Monchito's Race y le ganaron una y otra vez al pobre Derek.

Aunque Lucas no lo habría admitido ni en **un millón de años,** la tarde no estuvo tan mal después de todo.

CAPÍTULO 4
UN PLAN GENIAL

—¿Cómo es que tú y Lucas no pensaron nada para la competencia ayer? —dijo Claudia bastante enojada—. ¿No se suponía que se habían reunido para eso?

—B-bu-bu-bueno, ya sabes… —tartamudeó Carlos, muerto de vergüenza—. Nunca se sabe cuándo y cómo nos podía llegar la inspiración…

—Increíble: ¡sólo has pasado una tarde con Lucas y ya estás empezando a usar sus **excusas baratas**!

A todo esto, Lucas estaba recostado contra una pared con los brazos cruzados, como si la cosa no fuera con él. Tenía expresión de indiferencia y media sonrisa dibujada en la cara. Sus amigos se habían pasado todo el recreo discutiendo sobre la competencia, pero él no había abierto el pico ni una sola vez. Hasta que por fin decidió hacerlo:

—Vamos a calmarnos. **¡Tengo un plan genial!**

—¿Ah sí? —contestó Asim, que estaba tan acostumbrado a las ocurrencias de su amigo que ya no se las creía demasiado—. ¿Y se puede saber cuándo vas a llevarlo a cabo? ¡Te recuerdo que la competencia es mañana!

—Oh… —dijo Lucas muy tranquilo— mi plan ya se llevó a cabo. Por eso es tan genial. ¡Y ya está a punto de llegar, por cierto!

Lucas señaló a Matías y a Iva, que se acercaban corriendo y riéndose entre dientes como un par de ratitas alocadas:

—¡Misión cumplida, Lucas! ¡Ji, ji, ji! —dijo Matías.

—¡Nos colamos en tu salón sin levantar sospechas! ¡Je, je, je! —dijo Iva.

—Sí, ¡y encontramos las notas de Ana…! —dijo Matías atropelladamente.

—¡… Y vimos las pruebas para la supervivencia de mañana! —dijo Iva, más atropelladamente aún.

—Querrás decir la competencia —la corrigió Lucas—. Bueno, ¿y dónde las apuntaron?

Matías e Iva señalaron sus cabecitas.

—¡Prueba número uno! —gritó de golpe Matías.

—¡Concurso de canastas! —contestó Iva.

—¡Prueba número dos!

—¡Preguntas sobre ciencia!

—¡Prueba número tres!

—¡Adivina el dibujo!

—¡Prueba número cuatro!

—¡Carrera de costales!

—¡Prueba número cinco!

—¡Circuito en bicicleta!

Matías e Iva chocaron los cinco y empezaron a reírse a carcajadas. Los demás los miraron asombrados: ¡aquel par de renacuajos estaban locos como una auténtica cabra, pero **sabían lo que hacían**! Cuando al fin pasó la sorpresa, Isa fue la primera en darse cuenta de una cosa muy importante:

—Pero, un momento… ¿que sepamos todo esto, no es algo así como… **hacer trampa**?

—Yo no usaría esa palabra tan fea, Isa… —contestó Lucas enseguida, restándole importancia—. Las pruebas las vamos a tener que hacer de todas formas. Esto sólo es como si supiéramos **qué temas hay que estudiar para un examen**.

Nadie parecía tragarse esa explicación tan barata. Pero a veces, Lucas tenía el extraño superpoder de convencer a la pandilla y de enredar a todo el mundo en sus locuras. Además, ¿qué iban a hacer ahora que ya conocían la información?, ¿borrarla de sus cabezas?

—Está claro que Asim tiene que hacer la primera prueba, la de las canastas… —dijo Lucas.

—¡Por supuesto! ¿Sabían que una vez unos niños de 4.° me pidieron de rodillas que…?

—Lo sabemos —lo interrumpió Lucas, que estaba un poco harto de oír siempre la misma historia—. Después, le tocará a Isa.

—Creo que soy la que más sabe de ciencia, sí.

—«¿La que más sabe?» ¡Eres la única que sabe algo! —contestó Lucas—. Luego irá Claudia, que para esto es la que mejor dibuja de todo el salón. A mí se me da muy bien andar en bicicleta, así que puedo encargarme del circuito. Eso significa que el nuevo se encargará de la carrera de costales. Dime, ¿qué tan bueno eres?

—Supongo que… ¿bueno? —dijo Carlos, algo nervioso al ver que todas las miradas se habían clavado en él.

Carlos sonaba tan poco seguro de sí mismo que la pandilla decidió hacerle una **pequeña prueba**. Lucas fue corriendo a la cocina de la escuela, esperó a que nadie viera, tomó prestado un costal de papas vacío y volvió con sus amigos. Carlos se metió en el costal. Y fue una suerte que los demás estuvieran justo a su lado, porque, cuando intentó dar el primer salto, ¡estuvo a punto de irse de boca contra el suelo! ¡El pobre no tenía ni idea de cómo jugar carreras de costales!

—¿Pero no dijiste que eras bueno? —dijo Lucas.

—Dije que lo suponía. ¡Nunca he competido en una carrera de costales en mi vida! —respondió.

¡Qué desastre! Por suerte, los miembros de **la pandilla de los locos** no eran de esas personas que se rinden fácilmente. De hecho, ¡eran todos unos **testarudos de mucho cuidado**!

Así que cuando acabaron las clases, se quedaron en el recreo con Carlos, entrenando y ayudándole.

Hay veces en las que el poder de la amistad es tan, tan grande y tan, tan fuerte que logra vencer todos los obstáculos y hacer milagros que parecían imposibles a primera vista. Pero desde luego, aquélla **no era una de esas veces**: Carlos era demasiado torpe y no había forma de que diera dos saltos seguidos.

—¿Saben qué? —dijo al final Lucas encogiéndose de hombros—. Yo me encargo de la carrera de costales.

Con esto, el orden para la competencia quedaba así:

1.° Asim: concurso de canastas

2.ª Isa: preguntas sobre ciencia

3.ª Claudia: adivina el dibujo

4.° Lucas: carrera de costales

Y 5.° Carlos: circuito en bicicleta

¡La suerte estaba echada!

CAPÍTULO 5
EPIC FAIL EN LA SÚPER COMPETENCIA

¡Qué día tan más **g-e-n-i-a-l**! El sol brillaba, los pajaritos cantaban y… bueno, todo eso otra vez. El cole de locos estaba celebrando **la fiesta de bienvenida al nuevo ciclo escolar**, que era una fiesta que se hacía a los pocos días de empezar las clases.

Se suponía que esta fiesta servía para recibir a los nuevos alumnos y para que los profesores y los niños de diferentes años pudieran platicar y conocerse un poco. Pero en realidad, lo que pasaba es que ¡en aquella escuela cualquier excusa era buena para organizar una fiestecita de vez en cuando!

La escuela estaba decorada con un montón de guirnaldas de banderitas y carteles de bienvenida (lo cual no estaba mal) y el patio se había llenado de mesas con refrescos y comida para picar (lo cual estaba muy bien). Pero el acontecimiento del día era, sin duda, la súper competencia.

Los rumores sobre qué pruebas entrarían en aquella competencia legendaria corrían como la pólvora y todo el mundo estaba muy nervioso. O mejor dicho, **casi todo el mundo**. Lucas reía entre dientes y tenía la cabeza tan ocupada pensando en el **premio especial** que seguro iba a ganar, que ni siquiera se acordó de hacer su tradicional **broma de bienvenida al nuevo ciclo escolar** de cada año.

La **súper competencia** consistía en una carrera de relevos que se hacía alrede-

dor de la escuela y del parque que la rodeaba. Cada miembro del equipo tenía que hacer una prueba, y hasta que no la superara, el siguiente no podría empezar a hacer la suya. La pandilla de los locos apuntó el orden en el que debían competir en un pizarrón. ¡Había llegado el momento de la verdad! Aunque la verdad era que sabiendo qué pruebas le iban a tocar a cada uno, aquéllo sería pan comido. **¡Nada podía salir mal!**

Salvo el pequeño detalle de que… todo salió mal, claro.

Cuando Ana explicó las pruebas, Lucas y sus amigos se quedaron con las bocas más abiertas que un buzón:

La primera era… adivina el dibujo.

La segunda… el concurso de canastas.

La tercera… preguntas sobre ciencia.

La cuarta… circuito en bicicleta.

Y la quinta… la carrera de costales.

¿Qué había pasado? ¡Matías e Iva les dijeron las pruebas correctas, pero se habían confundido con el orden! ¿Cómo habían podido equivocarse haciendo una cosa tan sencilla?

A Asim le tocó empezar la súper competencia. Su prueba consistía en hacer un dibujo que Isa tendría que adivinar. Explicado así, la cosa no parecía demasiado difícil. El problema era que Asim era el niño que **peor dibujaba de todo el colegio de locos**. Qué demonios, ¡Asim era el niño que peor dibujaba de todas las escuelas de la colonia, fueran de locos o no! El pobre no era capaz ni de hacer el dibujo más sencillo: si intentaba dibujar un balón de básquetbol, todo el mundo creía que había hecho un sol. Si se le ocurría hacer un perro peludo, todo el mundo creía que había hecho una nube con patas. Y mejor ni hablar de sus más que famosos paraguas voladores, que era lo que le salía cuando intentaba dibujar un pájaro. Un profesor le susurró al oído la palabra que tenía que dibujar y Asim puso cara de **«¡trágame, tierra!»**. Pero aun así, no se acobardó. Se acercó al pequeño pizarrón que le habían puesto, tomó los plumones, y…

—¡Ornitorrinco! ¡Es un ornitorrinco! ¡Fue muy fácil adivinarlo, porque está muy bien dibujado!

Ésas fueron las palabras de un niño de otro equipo al ver el dibujo de su compañero. Mientras tanto, Asim no paraba de hacer garabatos incomprensibles. Los demás equipos no tardaron demasiado en superar la prueba y adelantar a la pandilla de los locos.

—¿Un gato yendo en moto? ¿Un payaso triste montado en un globo? ¿La catedral de Burgos en un día lluvioso? —decía Isa, intentando descifrar la extraña obra de su amigo.

La cosa no estaba funcionando, así que Asim dejó de dibujar. Era el momento de echar a volar la imaginación y cambiar de estrategia. ¿Qué podía hacer para que Isa adivinara la palabra?

Tras mucho pensar, a Asim se le prendió el foco: ¡por fin había dado con una solución! Borró rápidamente todo lo que había en su pizarrón y volvió a empezar de cero. Pero esta vez, en lugar de garabatos, dibujó esto:

Isa lo miró extrañada. Aquéllo no era exactamente un dibujo, pero, desde luego, tampoco la palabra secreta. En realidad, lo que Asim había hecho era… **¡un jeroglífico!**

En cuanto Isa comprendió la jugada de su amigo, puso su súper cerebro en modo «resolución de enigmas». Y para alguien tan inteligente como ella, no fue nada difícil dar con la respuesta correcta:

—La palabra es… ¡DEPORTE! —dijo con una sonrisa de oreja a oreja.

Asim la abrazó emocionado. Era la primera vez en su vida que alguien lograba entender uno de sus dibujos.

Isa se puso a correr a toda velocidad para intentar alcanzar a los niños de los otros equipos. Pero la siguiente prueba era el concurso de canastas y a Isa, el tema del básquetbol se le daba más o menos tan bien como a Asim el dibujo. O sea: ¡fatal!

CAPÍTULO 6
UNAS PRUEBAS
LOCAS, LOCAS, LOCAS

«¡Esta vez seguro que la encesto!», se dijo a sí misma Isa.

Entornó los ojos, respiró hondo, apuntó hacia la canasta, tiró con todas sus fuerzas y… nada. Isa llevaba tanto rato intentando que aquel dichoso balón entrara en aquel dichoso aro que los niños de los demás equipos de la súper competencia ya ni se veían de lo lejos que estaban. Sólo tenía que meter un tiro. Nada más. Pero no había forma. Y lo peor de todo es que la ciencia no podía ayudarla a solucionar aquel problema… ¿O tal vez sí?

Si Asim había utilizado su ingenio para salir de una situación que no se le daba precisamente bien, quizás ella también podía hacerlo. Sin pensarlo dos veces, Isa se fue a buscar una de las escaleras que se habían utilizado para colgar las guirnaldas de la fiesta. La puso frente a la canasta, se subió a ella, sacó de su bolsillo un pequeño metro que siempre llevaba consigo y midió el diámetro del aro. Después bajó y midió la distancia entre la canasta y la posición desde la cual estaba intentando encestar. Y, a continuación, tomó un papel y un lápiz y se puso a hacer cálculos. El público que estaba mirando la competencia alucinaba con ella. Todo el mundo sabía que esa niña formaba parte de la pandilla de los locos, pero ¡se había vuelto **demasiado loca**!

—Si logro calcular cuál es la mejor trayectoria para el balón… y trazar el ángulo más óptimo… y ver qué fuerza hay que aplicar… y… —murmuraba Isa, muy concentrada.

Al final, en su papel había un montón de garabatos parecidos a esto:

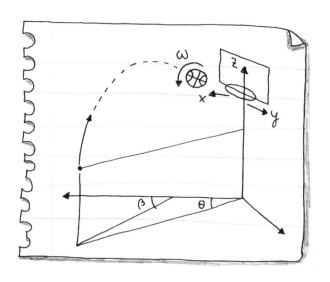

—Muy bien. Sólo tengo que lanzar el balón con una inclinación de 52 grados, apuntar a la parte trasera del tablero, soltarlo lejos del suelo para optimizar la velocidad, y ¡encestaré! —dijo muy contenta—… O al menos, eso espero —dijo después en voz más baja.

¡Y vaya que encestó! En la escuela se estuvo hablando de esa canasta durante años. Los que la vieron la describieron como «la canasta más increíble de la historia», y los que no la vieron… también. Todos menos Asim, que la describió como «una canasta que, bueno, sí, muy bien, no estuvo del todo mal».

En cuanto Isa superó la prueba, su hermana Claudia se puso a correr como una loca. Claudia era una de las mejores deportistas de la escuela, así que con un poco de suerte podría recortar distancias con los demás equipos o, quién sabe, incluso alcanzarlos. Pero justo cuando ya empezaba a ver a los otros niños a la distancia, alguien la detuvo en seco. Era el profesor de ciencia, Atmósfero Rolleti (nombre real: desconocido, o al menos la mayoría de los alumnos lo había olvidado desde hacía tiempo…), y con su habitual voz de aburrimiento total, le recordó que todavía tenía que responder la temida pregunta sobre ciencia:

—Nombre, si es usted tan amable, un posible factor que haya ejercido como detonante en el calentamiento global que azota nuestro planeta.

Desde luego, **Atmósfero** se había ganado a pulso su apodo de **Rolleti**. Podría haber dicho: «oye, Claudia, dime uno de los motivos por los que se está calentando la

Tierra» como cualquier persona normal. Pero, ¡no! ¡Él tenía que hacerlo de forma complicada, aburrida y laaaarga! ¡Como si la pandilla de los locos no fuera ya bastante mal de tiempo! El caso es que Claudia, que normalmente no tenía ni idea de ciencia, había oído algo sobre ese tema no hacía mucho. Pero, ¿dónde? y ¿cuándo? Y lo más importante de todo: ¿qué demonios era? Claudia pensó y pensó. ¿Había sido durante el recreo, mientras jugaba a las canicas? No. Poco probable. ¿Había sido el muchacho que la atendió en la pizzería? No. Ése sólo le había preguntado si quería que le calentara la pizza. Claudia estaba pensando tan fuerte que casi casi le salía humo de la cabeza, hasta que por fin se le prendió el foco. Era algo que había dicho Isa —¿quién si no?— hacía sólo dos días, cuando la pandilla estaba discutiendo sobre si un niño nuevo podía o no ser genial.

—¡Ya sé la respuesta! ¡Fueron los pedos de los dinosaurios, hace un montón de años! Y ahora, ¡me voy! —dijo Claudia, mientras dejaba a Atmósfero con la incertidumbre.

Ahora era el turno de Lucas, que tenía que hacer un circuito en bici por el parque que rodeaba la escuela. Claudia había conseguido ganar bastante tiempo,

así que ¡la victoria no estaba tan lejos después de todo!

—¡Déjamelo a mí, Claudia! —dijo Lucas—. Estás a punto de descubrir por qué me dicen el **Burlonceta de la bicicleta, el Animal del pedal, el Picarín del sillín...**

—¡Nadie te ha dicho así nunca, Lucas!

—Puede ser, ¡pero seguro que lo harán después de hoy! No sé —dijo llevándose la mano a la barbilla—, tal vez podría hacer una pequeña encuesta en clase, a ver cuál de estos tres apodos refleja mejor mi personalidad bicicletera…

—Pues ya que estamos en eso, creo que hay otra cosa que también podrías hacer.

—¿Ah sí? ¿Y cuál es?

—¡Cerrar el pico y ponerte a pedalear de una vez!

CAPÍTULO 7
UN FAIL DE LO MÁS ESPECIAL

Lucas le hizo caso a Claudia y se puso a pedalear **como un loco**. Pero no como un loco cualquiera, sino como un loco muy serio y decidido. ¡Si quería ganar la súper competencia, tenía que dejar las bromas de lado y **darlo todo** con la bici! Cada vez iba más y más rápido y el viento golpeaba su cara con tanta fuerza que empezaban a salírsele las lágrimas. Lo mejor fue que por fin logró ver a los niños de los otros equipos. Y a esa velocidad, no tardaría demasiado en alcanzarlos. ¡La pandilla de los locos aún tenía posibilidades! ¡La competencia estaba **más reñida y emocionante que nunca**!

«¡Fácil! —pensó Lucas—. Sólo tengo que acelerar todo lo que pueda y terminaré rebasándolos. ¡Ya verás qué cara pondrá el nuevo cuando me vea llegar! ¡Me pregunto qué diría si me viera ahora mismo!»

Y entonces, todos los momentos que había estado junto a Carlos pasaron por delante de sus ojos. La verdad es que fueron muy pocos, porque sólo lo conocía desde hacía un par de días. Pero hubo una cosa que le vino a la cabeza con mucha,

mucha claridad. Era el consejo que Carlos le había dado mientras jugaban al Super Monchito's Race: «El problema es que vas demasiado rápido. Tienes que desacelerar un poco y fijarte más en lo que hay a tu alrededor».

¡Pues claro! Lucas recordó que el parque tenía una curva cerradísima, y que si no reducía la velocidad inmediatamente, ¡se iba a ir de boca! Lucas frenó de golpe en el último momento, y así, no sólo evitó darse un **golpazo muy serio**, sino que pudo terminar el circuito sin problemas. ¡El nuevo le había ayudado sin siquiera saberlo!

—¡Eres un genio, muchacho! —le dijo cuando se bajó de la bici—. Gracias a ti, **¡todavía podemos ganar!**

—M-me alegro… —dijo Carlos sin entender nada.

Aunque Lucas quizás había hablado demasiado pronto, porque aún faltaba la parte más difícil de todas: ¡la temible carrera de costales! El trayecto era corto, pero hasta ayer mismo Carlos no había sido capaz de dar ni tres saltos seguidos. ¿Lo conseguiría hoy?

Carlos se enfundó su costal y dio el primer saltito con muchísimo cuidado. Sólo fueron un par de centímetros, pero… **¡lo había logrado!** ¡Aquél era un pequeño salto para Carlos, pero un gran salto para la historia de las carreras de costales! Ahora sólo tenía que trabajar un poco el tema de la rapidez y la distancia y se plantaría en la meta en menos de lo que uno tarda en decir **«esternocleidomastoideo»**.

Lucas, Claudia, Isa y Asim ya se habían reunido allí para esperarlo. En cuanto los vio, Carlos los saludó entusiasmado:

—¡No se preocupen! ¡Lo tengo todo controlado! ¡Esto no es tan difícil como parecí…!

Antes de que pudiera terminar la frase, Carlos se tropezó y fue a parar al suelo. La cosa pintaba mal. Sin embargo, no estaba dispuesto a dejar tirada a la pandilla de los locos de ninguna manera. No después de

lo mucho que se habían esforzado todos y estando tan cerca del final. Así que, para asombro del público, empezó a arrastrarse por el suelo hacia la línea de meta. Mientras Lucas observaba cómo aquel novato hacía el **gusanito más ridículo** que había visto jamás, todo cobró sentido al fin: si Carlos tenía una habitación genial, un padre genial, videojuegos geniales, daba consejos geniales (que lo mismo servían para jugar el Super Monchito's Race que para acabar un trayecto en bici con todos los dientes en su sitio) y era tan genial que no le importaba hacer el ridículo con tal de no dejar tirados a sus compañeros… ¡aquel niño tenía que ser MUY GENIAL! Lucas podía tener sus defectitos, pero sabía admitir cuándo se había equivocado. Y se había equivocado un montón juzgando a su nuevo amigo.

—¡Vamos, Carlos! ¡Tú puedes hacerlo! —gritó para darle ánimos—. ¡Estamos contigo!

El resto de la pandilla hizo lo mismo y empezaron a animarlo con gritos. Y esta vez, el poder de la amistad fue tan, tan grande y tan, tan fuerte, que Carlos ¡llegó en primer lugar a la meta! ¡Y todo gracias al **poder de la amistad**! Bueno, al poder de la amistad y a alguno que otro detalle sin importancia, como que un niño del otro equipo se había caído de la bici, a otro le había dado un retortijón mientras estaba en el costal y los dos que quedaban se habían puesto a intercambiar estampas en plena carrera y se habían olvidado de terminar la competencia. Lo importante es que la pandilla de los locos había ganado.

—¡Felicidades! —dijo Ana acercándose al grupito—. Ojalá que el ejercicio les haya abierto el apetito, ¡porque les espera una ración doble de postre durante toda la semana!

—Ah, muy bien, gracias —dijo Lucas estrechándole la mano e ignorando lo que acababa de oír—. Y ahora, ¿qué hay de nuestro **premio especial**? ¡Me muero de ganas de saber qué es!

—El premio es… **una ración doble de postre durante toda la semana** —repitió Ana.

—¿Eso es todo? ¿No hay nada más? —protestaron los niños—. ¡Qué premio tan más miserable!

—Bueno, considerando el trabajito de los dos pequeños espías que enviaron a **curiosear las pruebas de la súper com-**

petencia, creo que estoy siendo muy generosa con ustedes…

—¿C-c-cómo lo supiste? —preguntó Lucas, incrédulo.

—Pues porque se pusieron a revolver entre los papeles de mi escritorio… ¡estando yo sentada en él!

—Ración doble de postre nos parece un premio estupendo —dijo Lucas, que sabía

por experiencia cuándo era mejor quedarse calladito.

Pero en realidad, Lucas y los demás habían ganado otro premio. Uno **mucho más importante** que un par de mandarinas y flanes baratos: ¡habían ganado… un nuevo amigo! Y por supuesto, habían aprendido la lección de que las bromas, las travesuras y las diabluras siempre se pagan. La amistad con Carlos duraría mucho, mucho tiempo. La lección… ¡se les olvidó esa misma tarde, cuando empezaron una loca guerra de comida con su ración doble de postre!

Cole de locos de Dashiell Fernández
se terminó de imprimir en abril de 2020
en los talleres de
Litográfica Ingramex, S.A. de C.V.
Centeno 162-1, Col. Granjas Esmeralda,
C.P. 09810, Ciudad de México.